KB248167

풀이 눕는다

국립중앙도서관 출판시도서목록(CIP)

풀이 눕는다 / 지은이: 김수영. -- 양평군 : 시인생각, 2013
 p. ; cm. -- (한국대표명시선 100)

"김수영 연보" 수록
ISBN 978-89-98047-80-1 03810 : ₩6000

한국 현대시[韓國 現代詩]

811.62-KDC5
895.714-DDC21   CIP2013012936

한 국 대 표
명 시 선
1 0 0

김 수 영

풀이 눕는다

시인생각

■ 시인의 말

　이 시집은 1948년부터 1959년에 이르기까지의 여러 잡지와 신문 등속에 발표되었던 것을 추려 모아 놓은 것이다.
　그러나 「토끼」 「아버지의 사진」 「웃음」의 세 작품을 제외하고는 모두가 6·25 후에 쓴 것이며, 그 중에도 최근 3, 4년간에 쓴 것이 비교적 많이 들어있다.
　낡은 작품일수록 애착이 더해지는 것이지만, 해방 후의 작품은 거의 소실 된 것이 많고, 현재 수중에 남아있는 것 중에서 간신이 뽑아낸 것이 이상 세 작품이다.
　특히 ≪민경民警≫ 지에 실린 「거리」와 <민생보民生報>에 실린 「꽃」은 꼭 이 안에 묶어 두고 싶었지만, 지금은 양지가 다 구할 길이 없다.
　목차는 대체로 제작역순으로 되어 있다.

1959년 11월 10일

김 수 영

<시집 『달나라의 장난』(1959. 11. 30) 후기에서>

1

풀

풀이 눕는다
비를 몰아오는 동풍에 나부껴
풀은 눕고
드디어 울었다
날이 흐려서 더 울다가
다시 누웠다

풀이 눕는다
바람보다도 더 빨리 눕는다
바람보다도 더 빨리 울고
바람보다 먼저 일어난다

날이 흐리고 풀이 눕는다
발목까지
발밑까지 눕는다
바람보다 늦게 누워도
바람보다 먼저 일어나고
바람보다 늦게 울어도
바람보다 먼저 웃는다
날이 흐리고 풀뿌리가 눕는다

거대한 뿌리

나는 아직도 앉는 법을 모른다
어쩌다 셋이서 술을 마신다 둘은 한 발을 무릎 위에 얹고
도사리지 않는다 나는 어느새 남쪽 식으로
도사리고 앉았다 그럴 때는 이 둘은 반드시
이북 친구들이기 때문에 나는 나의 앉음새를 고친다
8·15 후에 김병욱이란 시인은 두 발을 뒤로 꼬고
언제나 일본 여자처럼 앉아서 변론을 일삼았지만
그는 일본 대학에 다니면서 4년 동안을 제철회사에서
노동을 한 강자強者다

나는 이자벨 버드 비숍 여사와 연애하고 있다 그녀는
1893년에 조선을 처음 방문한 영국왕립지학협회英國王立
地學協會 회원이다
그녀는 인경전의 종소리가 울리면 장안의
남자들이 모조리 사라지고 갑자기 부녀자의 세계로
화하는 극적인 서울을 보았다 이 아름다운 시간에는
남자로서 거리를 무단 통행할 수 있는 것은 교군꾼,
내시, 외국인의 종놈, 관리들뿐이었다 그리고
심야에는 여자는 사라지고 남자가 다시 오입을 하러
활보하고 나선다고 이런 기이한 관습을 가진 나라를

세계 다른 곳에서는 본 일이 없다고
천하를 호령한 민비閔妃는 한 번도 장안 외출을 하지 못했
다고……

전통은 아무리 더러운 전통이라도 좋다 나는 광화문
네거리에서 시구문의 진창을 연상하고 인환寅煥네
처갓집 옆의 지금은 매립한 개울에서 아낙네들이
양잿물 솥에 불을 지피며 빨래하던 시절을 생각하고
이 우울한 시대를 파라다이스처럼 생각한다

버드 비숍 여사를 안 뒤부터는 썩어빠진 대한민국이
괴롭지 않다 오히려 황송하다 역사는 아무리
더러운 역사라도 좋다
진창은 아무리 더러운 진창이라도 좋다
나에게 놋주발보다도 더 쨍쨍 울리는 추억이
있는 한 인간은 영원하고 사랑도 그렇다

비숍 여사와 연애를 하고 있는 동안에는 진보주의자와
사회주의자는 네 에미 씹이다 통일도 중립도 개좆이다
은밀도 심오도 학구도 체면도 인습도 치안국

으로 가라 동양척식회사, 일본영사관, 대한민국관리,
아이스크림은 미국놈 좆대강이나 빨아라 그러나
요강, 망건, 장죽, 종묘상, 장전, 구리개 약방, 신전,
피혁점, 곰보, 애꾸, 애 못 낳는 여자, 무식쟁이,
이 모든 무수한 반동反動이 좋다
이 땅에 발을 붙이기 위해서는
──제3인도교의 물속에 박은 철근 기둥도 내가 내 땅에
박는 거대한 뿌리에 비하면 좀벌레의 솜털
내가 내 땅에 박는 거대한 뿌리에 비하면

괴기영화의 맘모스를 연상시키는
까치도 까마귀도 응접을 못 하는 시꺼먼 가지를 가진
나도 감히 상상을 못 하는 거대한 거대한 뿌리에 비하면……

눈

눈은 살아 있다
떨어진 눈은 살아 있다
마당 위에 떨어진 눈은 살아 있다

기침을 하자
젊은 시인이여 기침을 하자
눈 위에 대고 기침을 하자
눈더러 보라고 마음 놓고 마음 놓고
기침을 하자

눈은 살아 있다
죽음을 잊어버린 영혼과 육체를 위하여
눈은 새벽이 지나도록 살아 있다

기침을 하자
젊은 시인이여 기침을 하자
눈을 바라보며
밤새도록 고인 가슴의 가래라도
마음껏 뱉자

병풍屏風

병풍은 무엇에서부터라도 나를 끊어 준다
등지고 있는 얼굴이여
주검에 취한 사람처럼 멋없이 서서
병풍은 무엇을 향하여서도 무관심하다
주검의 전면全面 같은 너의 얼굴 위에
용龍이 있고 낙일落日이 있다
무엇보다도 먼저 끊어야 할 것이 설움이라고 하면서
병풍은 허위의 높이보다도 더 높은 곳에
비폭飛瀑을 놓고 유도幽島를 점지한다
가장 어려운 곳에 놓여있는 병풍은
내 앞에 서서 주검을 가지고 주검을 막고 있다
나는 병풍을 바라보고
달은 나의 등 뒤에서 병풍의 주인 육칠옹해사六七翁海士의
인장印章을 비추어주는 것이었다

구라중화九羅重花
> ― 어느 소녀에게 물어보니 너의 이름은 글라디올
> 러스라고

저것이야말로 꽃이 아닐 것이다
저것이야말로 물도 아닐 것이다

눈에 걸리는 마지막 물건이 무엇이냐고 물어보는 듯
영롱한 꽃송이는 나의 마지막 인내를 부숴버리려고 한다

나의 마음을 딛고 가는 거룩한 발자국 소리를 들으면서
지금 나는 마지막 붓을 든다

누가 무엇이라 하든 나의 붓은 이 시대를 진지하게 걸어
가는 사람에게는 치욕

물소리 빗소리 바람 소리 하나 들리지 않는 곳에
  나란히 옆으로 가로세로 위로 아래로 놓여있는 무수한
꽃송이와 그 그림자
  그것을 그리려고 하는 나의 붓은 말할 수 없이 깊은 치욕

이것은 누구에게도 보이지 않을 글이기에
(아아 그러한 시대가 온다면 얼마나 좋은 일이냐)
나의 동요 없는 마음으로

　　너를 다시 한번 치어다보고 혹은 내려다보면서 무량의
환희에 젖는다

　　꽃 꽃 꽃
　　부끄러움을 모르는 꽃들
　　누구의 것도 아닌 꽃들
　　너는 늬가 먹고사는 물의 것도 아니며
　　나의 것도 아니고 누구의 것도 아니기에
　　지금 마음 놓고 고즈넉이 날개를 펴라
　　마음대로 뛰놀 수 있는 마당은 아닐지나
　　(그것은 '골고다'의 언덕이 아닌
　　현대의 가시철망 옆에 피어 있는 꽃이기에)
　　물도 아니며 꽃도 아닌 꽃일지나
　　너의 숨어 있는 인내와 용기를 다하여 날개를 펴라

　　물이 아닌 꽃
　　물같이 엷은 날개를 펴며
　　너의 무게를 안고 날아가려는 듯
　　늬가 끊을 수 있는 것은 오직 생사의 선조線條뿐
　　그러나 그 비애에 찬 선조도 하나가 아니기에
　　너는 다시 부끄러움과 주저躊躇를 품고 숨 가빠하는가

결합된 색깔은 모두가 엷은 것이지만
설움이 힘찬 미소와 더불어 관용과 자비로 통하는 곳에서
늬가 사는 엷은 세계는 자유로운 것이기에
생기生氣와 신중愼重을 한 몸에 지니고

사실은 벌써 멸滅하여 있을 너의 꽃잎 위에
이중의 봉오리를 맺고 날개를 펴고
죽음 위에 죽음 위에 죽음을 거듭하리
구라중화九羅重花

하…… 그림자가 없다

우리들의 적은 늠름하지 않다
우리들의 적은 커크 더글러스나 리처드 위드마크 모양으로
사나웁지도 않다
그들은 조금도 사나운 악한이 아니다
그들은 선량하기까지도 하다
그들은 민주주의자를 가장假裝하고
자기들이 양민良民이라고도 하고
자기들이 선량選良이라고도 하고
자기들이 회사원이라고도 하고
전차를 타고 자동차를 타고
요릿집엘 들어가고
술을 마시고 웃고 잡담하고
동정하고 진지한 얼굴을 하고
바쁘다고 서두르면서 일도 하고
원고도 쓰고 치부도 하고
시골에도 있고 해변가에도 있고
서울에도 있고 산보도 하고
영화관에도 가고
애교도 있다
그들은 말하자면 우리들의 곁에 있다

우리들의 전선은 눈에 보이지 않는다
그것이 우리들의 싸움을 이다지도 어려운 것으로 만든다
우리들의 전선은 됭케르크도 노르망디도 연희고지延禧高地도
아니다
우리들의 전선은 지도책 속에는 없다
그것은 우리들의 집안 안인 경우도 있고
우리들의 직장인 경우도 있고
우리들의 동리인 경우도 있지만……
보이지는 않는다

우리들의 싸움의 모습은 초토작전焦土作戰이나
'건 힐의 혈투' 모양으로 활발하지도 않고 보기 좋은 것도
아니다
그러나 우리들은 언제나 싸우고 있다
아침에도 낮에도 밤에도 밥을 먹을 때에도
거리를 걸을 때도 환담歡談을 할 때도
장사를 할 때도 토목공사를 할 때도
여행을 할 때도 울 때도 웃을 때도
풋나물을 먹을 때도
시장에 가서 비린 생선 냄새를 맡을 때도

배가 부를 때도 목이 마를 때도
연애를 할 때도 졸음이 올 때도 꿈속에서도
깨어나서도 또 깨어나서도 또 깨어나서도……
수업을 할 때도 퇴근 시에도
사이렌 소리에 시계를 맞출 때도 구두를 닦을 때도……
우리들의 싸움은 쉬지 않는다

우리들의 싸움은 하늘과 땅 사이에 가득 차 있다
민주주의의 싸움이니까 싸우는 방법도 민주주의식으로
싸워야 한다
하늘에 그림자가 없듯이 민주주의의 싸움에도 그림자가
없다
하…… 그림자가 없다

하…… 그렇다……
하…… 그렇지……
아암 그렇구말구…… 그렇지그래……
응응…… 응…… 뭐?
아 그래…… 그래그래.

파리와 더불어

다병多病한 나에게는
파리도 이미 어제의 파리는 아니다

이미 오래전에 일과를 전폐해야 할
문명이
오늘도 또 나를 이렇게 괴롭힌다

싸늘한 가을바람 소리에
전통은
새처럼 겨우 나무 그늘 같은 곳에
정처定處를 찾았나보다

병을 생각하는 것은
병에 매어달리는 것은
필경 내가 아직 건강한 사람이기 때문이리라
거대한 비애를 갖고 있는 사람이기 때문이리라
거대한 여유를 갖고 있는 사람이기 때문이리라

저 광막한 양지쪽에 반짝거리는
파리의 소리 없는 소리처럼
나는 죽어가는 법을 알고 있는 사람이기 때문이리라

그 방을 생각하며

혁명은 안 되고 나는 방만 바꾸어버렸다
그 방의 벽에는 싸우라 싸우라 싸우라는 말이
헛소리처럼 아직도 어둠을 지키고 있을 것이다

나는 모든 노래를 그 방에 함께 남기고 왔을 게다
그렇듯 이제 나의 가슴은 이유 없이 메말랐다
그 방의 벽은 나의 가슴이고 나의 사지四肢일까
일하라 일하라 일하라는 말이
헛소리처럼 아직도 나의 가슴을 울리고 있지만
나는 그 노래도 그 전의 노래도 함께 다 잊어버리고 말았다

혁명은 안 되고 나는 방만 바꾸어버렸다
나는 인제 녹슬은 펜과 뼈와 광기—
실망의 가벼움을 재산으로 삼을 줄 안다
이 가벼움 혹시나 역사일지도 모르는
이 가벼움을 나는 나의 재산으로 삼았다

혁명은 안 되고 나는 방만 바꾸었지만
나의 입속에는 달콤한 의지의 잔재 대신에
다시 쓰디쓴 담뱃진 냄새만 되살아났지만

방을 잃고 낙서를 잃고 기대를 잃고
노래를 잃고 가벼움마저 잃어도

이제 나는 무엇인지 모르게 기쁘고
나의 가슴은 이유 없이 풍성하다

공자孔子의 생활난

꽃이 열매의 상부에 피었을 때
너는 줄넘기 장난을 한다

나는 발산發散한 형상을 구하였으나
그것은 작전 같은 것이기에 어렵다

국수—이태리어로는 마카로니라고
먹기 쉬운 것은 나의 반란성叛亂性일까

동무여 이제 나는 바로 보마
사물과 사물의 생리와
사물의 수량과 한도와
사물의 우매와 사물의 명석성을

그리고 나는 죽을 것이다

2

푸른 하늘을

푸른 하늘을 제압하는
노고지리가 자유로웠다고
부러워하던
어느 시인의 말은 수정되어야 한다

자유를 위해서
비상하여 본 일이 있는
사람이면 알지
노고지리가
무엇을 보고
노래하는가를
어째서 자유에는
피의 냄새가 섞여 있는가를
혁명은
왜 고독한 것인가를

혁명은
왜 고독해야 하는 것인가를

어서 일을 해요 변화는 끝났소
어서 일을 해요
미지근한 물이 고인 조그마한 논과
대숲 속의 초가집과
나무로 만든 장기와
게으르게 움직이는 물소와
(아니 물소는 호남지방에서는 못 보았는데)
덜컥거리는 수레와

어서 또 일을 해요 변화는 끝났소
편지봉투 모양으로 누렇게 결은
시간과 땅
수레를 털털거리게 하는 욕심의 돌
기름을 주라
어서 기름을 주라
털털거리는 수레에다는 기름을 주라
욕심은 끝났어
논도 얼어붙고
대숲 사이로 침입하는 무자비한 푸른 하늘

쉬었다 가든 거꾸로 가든 모로 가든
어서 또 가요 기름을 발랐으니 어서 또 가요
타마구를 발랐으니 어서 또 가요
미친놈뿐으로 어서 또 가요 변화는 끝났어요
어서 또 가요
실 같은 바람 따라 어서 또 가요

더러운 일기는 찢어버려도
짜장 재주를 부릴 줄 아는 나이와 시
배짱도 생겨가는 나이와 시
정말 무서운 나이와 시는
동그랗게 되어가는 나이와 시
사전을 보면 쓰는 나이와 시
사전이 시 같은 나이의 시
사전이 앞을 가는 변화의 시
감기가 가도 감기가 가도
줄곧 앞을 가는 사전의 시
시詩.

어느 날 고궁古宮을 나오면서

왜 나는 조그마한 일에만 분개하는가
저 왕궁 대신에 왕궁의 음탕 대신에
50원짜리 갈비가 기름 덩어리만 나왔다고 분개하고
옹졸하게 분개하고 설렁탕집 돼지 같은 주인 년한테 욕을 하고
옹졸하게 욕을 하고

한번 정정당당하게
붙잡혀간 소설가를 위해서
언론의 자유를 요구하고 월남파병에 반대하는
자유를 이행하지 못하고
20원을 받으러 세 번씩 네 번씩
찾아오는 야경꾼들만 증오하고 있는가

옹졸한 나의 전통은 유구하고 이제 내 앞에 정서情緖로
가로놓여 있다
이를테면 이런 일이 있었다
부산에 포로수용소의 제14야전병원에 있을 때
정보원이 너스들과 스펀지를 만들고 거즈를
개키고 있는 나를 보고 포로경찰이 되지 않는다고
남자가 뭐 이런 일을 하고 있느냐고 놀린 일이 있었다
너스들 옆에서

지금도 내가 반항하고 있는 것은 이 스펀지 만들기와
거즈 접고 있는 일과 조금도 다름없다
개의 울음소리를 듣고 그 비명에 지고
머리에 피도 안 마른 애놈의 투정에 진다
떨어지는 은행나무잎도 내가 밟고 가는 가시밭

아무래도 나는 비켜서 있다 절정絶頂 위에는 서 있지
않고 암만해도 조금쯤 옆으로 비켜서 있다
그리고 조금쯤 옆에 서 있는 것이 조금쯤
비겁한 것이라고 알고 있다!

그러니까 이렇게 옹졸하게 반항한다
이발쟁이에게
땅주인에게는 못하고 이발쟁이에게
구청 직원에게는 못하고 동회 직원에게도 못하고
야경꾼에게 20원 때문에 10원 때문에 1원 때문에
우습지 않으냐 1원 때문에
모래야 나는 얼마큼 작으냐
바람아 먼지야 풀아 나는 얼마큼 작으냐
정말 얼마큼 작으냐……

사랑

어둠 속에서도 불빛 속에서도 변치 않는
사랑을 배웠다 너로 해서

그러나 너의 얼굴은
어둠에서 불빛으로 넘어가는
그 찰나에 꺼졌다 살아났다.
너의 얼굴은 그만큼 불안하다.

번개처럼
번개처럼
금이 간 너의 얼굴은

피곤한 하루의 나머지 시간

피곤한 하루의 나머지 시간이 눈을 깜짝거린다
세계는 그러한 무수한 간단間斷

오오 사랑이 추방을 당하는 시간이 바로 이때이다
내가 나의 밖으로 나가는 것처럼

눈을 가늘게 뜨고 산이 있거든 불러보라
나의 머리는 관악기처럼
우주의 안개를 빨아올리다 만다

현대식 교량橋梁

현대식 교량을 건널 때마다 나는 갑자기 회고주의자가
된다
이것이 얼마나 죄가 많은 다리인 줄 모르고
식민지의 곤충들이 24시간을
자기의 다리처럼 건너다닌다
나이 어린 사람들은 어째서 이 다리가 부자연스러운지를
모른다
그러니까 이 다리를 건너갈 때마다
나는 나의 심장을 기계처럼 중지시킨다
(이런 연습을 나는 무수히 해왔다)

그러나 문제는 이러한 반항에 있지 않다
저 젊은이들의 나에 대한 사랑에 있다
아니 신용이라고 해도 된다
"선생님 이야기는 20년 전 이야기이지요"
할 때마다 나는 그들의 나이를 찬찬히
소급해 가면서 새로운 여유를 느낀다
새로운 역사라고 해도 좋다

이런 경이驚異는 나를 늙게 하는 동시에 젊게 한다
아니 늙게 하지도 젊게 하지도 않는다
이 다리 밑에서 엇갈리는 기차처럼
늙음과 젊음의 분간이 서지 않는다
다리는 이러한 정지停止의 증인이다
젊음과 늙음이 엇갈리는 순간
그러한 속력과 속력의 정돈停頓 속에서
다리는 사랑을 배운다
정말 희한한 일이다
나는 이제 적을 형제로 만드는 실증實證을
똑똑하게 천천히 보았으니까!

말

나무뿌리가 좀 더 깊이 겨울을 향해 가라앉았다
이제 내 몸은 내 몸이 아니다
이 가슴의 동계動悸도 기침도 한기寒氣도 내 것이 아니다
이 집도 아내도 아들도 어머니도 다시 내 것이 아니다
오늘도 여전히 일을 하고 걱정하고
돈을 벌고 싸우고 오늘부터의 할 일을 하지만
내 생명은 이미 맡기어진 생명
나의 질서는 죽음의 질서
온 세상이 죽음의 가치로 변해버렸다

익살스러울 만치 모든 거리가 단축되고
익살스러울 만치 모든 질문이 없어지고
모든 사람에게 고해야 할 너무나 많은 말을 갖고 있지만
세상은 나의 말에 귀를 기울이지 않는다

이 무언의 말
이 때문에 아내를 다루기 어려워지고
자식을 다루기 어려워지고 친구를
다루기 어려워지고
이 너무나 큰 어려움에 나는 입을 봉하고 있는 셈이고

무서운 무성의無誠意를 자행하고 있다

이 무언의 말
하늘의 빛이요 물의 빛이요 우연의 빛이요 우연의 말
죽음을 꿰뚫는 가장 무력한 말
죽음을 위한 말 죽음에 섬기는 말
고지식한 것을 제일 싫어하는 말
이 만능의 말
겨울의 말이자 봄의 말
이제 내 말은 내 말이 아니다

강가에서

저이는 나보다 여유가 있다
저이는 나보다도 가난하게 보이는데
저이는 우리 집을 찾아와서 산보를 청한다
강가에 가서 돌아갈 차비만 남겨놓고 술을 사준다
아니 돌아갈 차비까지 다 마셨나 보다
식구가 나보다도 일곱 식구나 더 많다는데
일요일이면 빼지 않고 강으로 투망을 하러 나온다고 한다
그리고 반드시 4킬로가량을 걷는다고 한다

죽은 고기처럼 혈색 없는 나를 보고
얼마 전에는 애 업은 여자하고 오입을 했다고 한다
초저녁에 두 번 새벽에 한 번
그러니 아직도 늙지 않지 않았느냐고 한다
그래도 추탕을 먹으면서 나보다도 더 땀을 흘리더라만
신문지로 얼굴을 씻으면서 나보고도
산보를 하라고 자꾸 권한다

그는 나보다도 가난해 보이는데
남방셔츠 밑에는 바지에 혁대도 매지 않았는데
그는 나보다도 가난해 보이고

그는 나보다도 짐이 무거워 보이는데
그는 나보다도 훨씬 늙었는데
그는 나보다도 눈이 들어갔는데
그는 나보다도 여유가 있고
그는 나에게 공포를 준다

이런 사람을 보면 세상 사람들이 다 그처럼 살고 있는 것 같다
나같이 사는 것은 나밖에 없는 것 같다
나는 이렇게도 가련한 놈 어느 사이에
자꾸자꾸 소심해져만 간다
동요도 없이 반성도 없이
자꾸자꾸 소인이 돼간다
속돼간다 속돼간다
끝없이 끝없이 동요도 없이

여자

여자란 집중된 동물이다
그 이마의 힘줄같이 나에게 설움을 가르쳐준다
전란戰亂도 서러웠지만
포로수용소 안은 더 서러웠고
그 안의 여자들은 더 서러웠다
고난이 나를 집중시켰고
이런 집중이 여자의 선천적인 집중도와
기적적으로 마주치게 한 것이 전쟁이라고 생각했다
그런 의미에서 나는 전쟁에 축복을 드렸다

내가 지금 6학년 아이들의 과외 공부 집에서 만난
학부형회의 어떤 어머니에게 느낀 여자의 감각
그 이마의 힘줄
그 이마의 집중도集中度
이것은 죄에서 우러나오는 것이다
여자의 본성은 에고이스트
그러니까 뱀은 선천적인 포로인지도 모른다
그런 의미에서 나는 속죄에 축복을 드렸다

3

반달

음악을 들으면 차밭의 앞뒤 시간이
가시처럼 생각된다
나비 날개처럼 된 찻잎은 아침이면
날개를 펴고 저녁이면 체조라도 하듯이
일제히 쉰다 쉬는 데에도 규율이 있고
탄력이 있다 9월 중순 차나무는 거의
내 키만큼 자라나고 노란 꽃도 이제는
보잘것없이 되었는데도 밭주인은
아직도 나타나 잘라가지 않는다

두 뙈기의 차밭 옆에는 역시 두 뙈기의
채소밭이 있다 김장 무나 배추를 심었을
인습적인 분가루를 칠한 밭 위에
나는 걸핏하면 개똥을 갖다 파묻는다
밭주인이 보면 질색을 할 노릇이지만
이 밭주인은 차밭 주인의 소작인이다
그러나 우리 집 여편네는 이것을 모두
자기 밭이라고 한다 멀쩡한 거짓말이다
그러나 이런 거짓말이 필요할 때가 있다
그러나 이런 거짓말을 해도 별로

성과는 없었다 성과는 없을 것을
알고 있기 때문에 나는 여편네의
거짓말에 반대하지 않는다

음악을 들으면 차밭의 앞뒤 시간이
가시처럼 생각된다 그리고 그 가시가
점점 더 똑똑해진다 동산에 걸린
새 달에 비친 나뭇가지처럼
세계를 배경으로 한 나의 사상처럼
죄어든 인생의 윤곽과 비밀처럼……
곡은 무용곡—모든 음악은 무용곡이다
오오 폐허의 질서여 수치의 개가凱歌여
차나무 냄새여 어둠이여 소녀여
휴식의 휴식이여
분명해진 그 가시의 의미여

모든 곡은 눈물이다 어렸을 때 어머니는
나의 얼굴의 사마귀를 떼주었다
입 밑의 사마귀와 눈 밑의 사마귀……
그런 사마귀가 나의 아들놈의 눈 아래에

있는 것을 발견하고 나도 꼭 빼주어야
하겠다고 결심한 일이 있었다 그런데
내 눈 아래에 다시 생긴 사마귀는
구태여 빼지 않을 작정이었다
"눈물은 나의 장사이니까"—오오 눈물의
눈물이여 음악의 음악이여
달아난 음악이여 반달이여
내 눈 아래에 다시 생긴 사마귀는
구태여 빼지 않을 작정이다

이 한국문학사

지극히 시시한 발견이 나를 즐겁게 하는 야밤이 있다
오늘 밤 우리의 현대문학사의 변명을 얻었다
이것은 위대한 힌트가 아니니만큼 좋다
또 내가 <시시한> 발견의 편집광이라는 것도 안다
중요한 것은 야밤이다

우리는 여지껏 희생하지 않는 오늘의 문학자들에 관해서
너무나 많이 고민해왔다
김동인金東仁, 박승희朴勝喜 같은 이들처럼 사재私財를 털
어놓고
문화에 헌신하지 않았다
김유정金裕貞처럼 그 밖의 위대한 선배들처럼 거지 짓을
하면서
소설에 골몰한 사람도 없다……

그러나 덤핑출판사의 20원짜리나 20원 이하의 고료를
받고 일하는
14원이나 13원이나 12원짜리 번역 일을 하는
불쌍한 나나 내 부근의 친구들을 생각할 때
이 죽은 순교자들을 어떻게 생각해야 하나

우리의 주위에 너무나 많은 순교자의 이 발견을
지금 나는 하고 있다

나는 광휘에 찬 신현대문학사의 시詩를 깨알 같은 글씨로
쓰고 있다
될 수만 있으면 독자들에게 이 깨알만 한 글씨보다 더
작게 써야 할 이 고초의 시기의
보다 더 작은 나의 즐거움을 피력하고 싶다

덤핑출판사의 일을 하는 이 무의식 대중人衆을 웃지 마라
지극히 시시한 이 발견을 웃지 마라
비로소 충만한 이 한국문학사를 웃지 마라
저들의 고요한 숨길을 웃지 마라
저들의 무서운 방탕을 웃지 마라
이 무서운 낭비의 아들들을 웃지 마라

설사의 알리바이

설파제를 먹어도 설사가 막히지 않는다
하룻동안 겨우 막히다가 다시 뒤가 들먹들먹한다
꾸루룩거리는 배에는 푸른색도 흰색도 적이다

배가 모조리 설사를 하는 것은 머리가 설사를
시작하기 위해서다 성性도 윤리도 약이
되지 않는 머리가 불을 토한다

여름이 끝난 벽 저쪽에 서 있는 낯선 얼굴
가을이 설사를 하려고 약을 먹는다
성과 윤리의 약을 먹는다 꽃을 거두어들인다

문명의 하늘은 무엇인가로 채워지기를 원한다
나는 지금 규제로 시詩를 쓰고 있다 타의의 규제
아슬아슬한 설사다

언어가 죽음의 벽을 뚫고 나가기 위한
숙제는 오래된다 이 숙제를 노상 방해하는 것이
성의 윤리와 윤리의 윤리다 중요한 것은

괴로움과 괴로움의 이행이다 우리의 행동
이것을 우리의 시로 옮겨놓으려는 생각은
단념하라 괴로운 설사

괴로운 설사가 끝나거든 입을 다물어라 누가
보았는가 무엇을 보았는가 일절 말하지 말아라
그것이 우리의 증명이다

거짓말의 여운 속에서

사람들은 내 말을 믿지 않는다
시평詩評의 칭찬까지도 시집의 서문을 받은 사람까지도
내가 말한 정치 의견을 믿지 않는다

봄은 오고 쥐새끼들이 총알만 한 구멍의 조직을 만들고
풀이, 이름도 없는 낯익은 풀들이, 풀 새끼들이
허물어진 담 밑에서 사과껍질보다도 얇은

시멘트 가죽을 뚫고 일어나면 내 집과
나의 정신이 순간적으로 들렸다 놓인다
요는 정치 의견이 맞지 않는 나라에는 못 산다

그러나 쥐구멍을 잠시 거짓말의 구멍이라고
바꾸어 생각해보자 내가 써준 시집의 서문을
믿지 않는 사람의 얼굴의 사마귀나 여드름을——

그 사람도 거짓말의 총알의 까맣고 빨간 흔적을 가진 사
람이라고——
그래서 우리의 혼란을 승화시켜 보자
그러나 그러나 그러나

일본 말보다도 더 빨리 영어를 읽을 수 있게 된,
몇 차례의 언어의 이민을 한 내가
우리말을 너무 잘해서 곤란하게 된 내가

지금 불란서 소설을 읽으면서 아직도 말하지
못한 한 가지 말—정치 의견의 우리말이
생각이 안 난다 거짓말 거짓말

거짓말의 부피가 하늘을 덮는다 나는 눈을
가리고 변소에 갔다온다
사람들은 내 말을 믿지 않고 내가 내 말을 안 믿는다

나는 아무것도 안 속였는데 모든 것을 속였다
이 죄에는 사과의 길이 없다 봄이 오고
쥐가 나돌고 풀이 솟는다 소리 없이 소리 없이

나는 한 가지를 안 속이려고 모든 것을 속였다
이 죄의 여운에는 사과의 길이 없다 불란서에 가더라도
금방 불란서에 가더라도 금방 자유가 온다 해도

우리들의 웃음

나는 아이들을 가르치면서
우리나라가 종교국이라는 것에 대한 자신을 갖는다
절망은 나의 목뼈는 못 자른다 겨우 손마디뼈를
새벽이면 하프처럼 분질러놓고 간다
나의 아들이 머리가 나빠서가 아니다
머리가 나쁜 것은 선생, 어머니, IQ다
그저께 나는 파스칼이 '머리가 나쁜 것은 나'라고 하는 말을
들었다

나는 아이들을 가르치면서
우리나라가 종교국이라는 것에 대한 자신을 갖는다
마당에 서리가 내린 것은 나에게 상상을 그치라는 신호다
그 대신 새벽의 꿈은 구체적이고 선명하다
꿈은 상상이 아니지만 꿈을 그리는 것은 상상이다
술은 상상이 아니지만 술에 취하는 것이 상상인 것처럼
오늘부터는 상상이 나를 상상한다

이제는 선생이 무섭지 않다
모두가 거꾸로다

선생과 나는 아이를 가르치는 것이 아니라 아이들을 가
르치고 있기 때문이다
종교와 비종교, 시詩와 비시非詩의 차이가 아이들과 아이
의 차이다
그러니까 종교도 종교 이전에 있다 우리나라가
종교국인 것처럼
새의 울음소리가 그 이전의 정적이 없이는 들리지 않는
것처럼……
모두가 거꾸로다
── 태연할 수밖에 없다 웃지 않을 수밖에 없다
조용히 우리들의 웃음을 웃지 않을 수 없다

피아노

피아노 앞에는 슬픈 사람들이 많이 있다
동계방학 동안 아르바이트를 하는 누이
잡지사에 다니는
영화를 좋아하는 누이
식모살이를 하는 조카
그리고 나

피아노는 밥을 먹을 때도 새벽에도
한밤중에도 울린다
피아노의 주인은 나를 보고
시를 쓰니 음악도 잘 알 게 아니냐고
한 곡 쳐보라고 한다
나의 새끼는 피아노 앞에서는 노예
둘째 새끼는 왕자다

삭막한 집의 삭막한 방에 놓인 피아노
그 방은 바로 어제 내가 혁명을 기념한 방
오늘은 기름진 피아노가
덩덩 덩덩덩 울리면서
나의 고갈한 비참을 달랜다

벙어리 벙어리 벙어리
식모도 벙어리 나도 벙어리
모든 게 중단이다 소리도 사념思念도 죽어라
중단이다 명령이다
부정기적인 중단
부정기적인 위협
── 이러한 하루 종일
밤의 꿈속에서도 당당한 피아노가 울리게 마련이다
그녀가 새벽부터 부정기적으로
타온 순서대로
또 그 비참대로
값비싼 피아노가 값비싸게 울린다
돈이 울린다 돈이 울린다

전화 이야기

여보세요. 앨비의 아메리칸 드림예요. 절망예요.
8월 달에 실어주세요. 절망에서 나왔어요.
모레면 다 돼요. 2백 매예요. 특종이죠.
머릿속에 특종이란 자가 보여요. 여편네하고
싸우고 나왔지요. 순수하죠. 앨비 말예요.
살롱 드라마이지요. 반도호텔이나 조선호텔에서
공연을 하게 돼요. 절망은 여운이에요.
미해결이지요. 좋아요. 만족입니다.
신문회관 3층에서 하는 게 낫다구요. 아네요.
거기에는 냉방장치가 없어요. 장소는 2백 명가량
수용될지 모르지만요. 절망의 연료가 모자
란다구요. 그래요! 반도호텔 같은 데라야
미국 놈들한테서 입장료를 받을 수 있지요.
여편네하고는 헤어져도 되지만, 아이들이
불쌍해서요, 미해결예요.

코리안 드림이라구요. 놀리지 마세요.
아이놈은 자구 있어요. 구원이지요. 나를
방해를 안하니까요. 절망의 물방울이
튄 거지요.

내주신다면, 당신의 잡지의 8월호에 내주신다면,
특종이니깐요, 극단도 좋고, 당신네도
좋고, 번역하는 사람도 좋고, 나도 좋은
일을 하는 폭이 되지요.
앨비예요, 앨비예요. 에이 엘 비 이 이. 네.
그래요. 아아, 그렇군요.
네에, 그러실 겝니다. 아뇨. 아아, 그렇군요.

이런 전화를, 번역하는 친구를 옆에 놓고,
생색을 내려고, 하고나서, 그 부고訃告를
그에게 전하고, 그 무지무지한 소란 속에서
나의 소란을 하나 더 보탠 것에 만족을
느낀 것은 절망에 지각하고 난 뒤이다.

성性

그것하고 하고 와서 첫 번째로 여편네와
하던 날은 바로 그 이튿날 밤은
아니 바로 그 첫날밤은 반 시간도 넘어 했는데도
여편네가 만족하지 않는다
그년하고 하듯이 혓바닥이 떨어져 나가게
물어 재끼지는 않았지만 그래도
어지간히 다부지게 해줬는데도
여편네가 만족하지 않는다

이게 아무래도 내가 저의 섹스를 개관槪觀하고
있는 것을 아는 모양이다
똑똑히는 몰라도 어렴풋이 느껴지는
모양이다

나는 섬뜩해서 그전의 둔감한 내 자신으로
다시 돌아간다
연민의 순간이다 황홀의 순간이 아니라
속아 사는 연민의 순간이다

나는 이것이 쏦고 난 뒤에도 보통 때보다

완연히 한참 더 오래 끌다가 쏟았다
한 번 더 고비를 넘을 수도 있었는데 그만큼
지독하게 속이면 내가 곧 속고 만다

구름의 파수병

만약에 나라는 사람을 유심히 들여다본다고 하자
그러면 나는 내가 시詩와는 반역된 생활을 하고 있다는
것을
알 것이다

먼 산정에 서 있는 마음으로 나의 자식과 나의 아내와
그 주위에 놓인 잡스러운 물건들을 본다

그리고
나는 이미 정하여진 물체만을 보기로 결심하고 있는데
만약에 또 어느 친구가 와서 나의 꿈을 깨워주고
나의 그릇됨을 꾸짖어주어도 좋다

함부로 흘리는 피가 싫어서
이다지 낡아빠진 생활을 하는 것은 아니리라
먼지 낀 잡초 위에
잠자는 구름이여
고생도 마음대로 할 수 없는 세상에서는
철 늦은 거미같이 존재 없이 살기도 어려운 일

방 두 칸과 마루 한 칸과 말쑥한 부엌과 애처로운 처를
거느리고
외양만이라도 남과 같이 살아간다는 것이 이다지도 쑥스
러울 수가 있을까

시를 배반하고 사는 마음이여
자기의 나체를 더듬어보고 살펴볼 수 없는 시인처럼 비
참한 사람이 또 어디 있을까
거리에 나와서 집을 보고 집에 앉아서 거리를 그리던 어
리석음도 이제는 모두 사라졌나 보다
날아간 제비와 같이

날아간 제비와 같이 자국도 꿈도 없이
어디로인지 알 수 없으나
어디로이든 가야 할 반역의 정신

나는 지금 산정에 있다——
시를 반역한 죄로
이 메마른 산정에서 오랫동안 꿈도 없이 바라보아야 할 구름
그리고 그 구름의 파수병인 나.

백의白蟻

내가 비로소 여유를 갖게 된 것은
거리에서와 마찬가지로 집 안에 있어서도 저 무시무시한
백의를 보기 시작한 때부터이었다
　백의는 자동식 문명의 천재이었기 때문에 그의 소유주에게는
일언의 약속도 없이 제가 갈 길을 자유자재로 찾아다니었다
그는 나같이 몸이 약하지 않은 점에 주요한 원인이 있겠지만
뇌신雷神보다 더 사나웁게 사람들을 울리고
뮤즈보다도 더 부드러웁게 사람들의 상처를 쓰다듬어준다
질책의 권리를 주면서 질책의 행동을 주지 않고
어떤 나라의 지폐보다도 신용은 있으나
신체가 너무 왜소한 까닭에 사람들의 눈에 띄지를 않는다
고대 형이상학자들은 그를 보고 <양극의 합치>라든가 혹
은 <거대의 희열>이라고 부르고 있었지만
　19세기 시인들은 그를 보고 <도피의 왕자> 혹은 단순히
‘여유’라고 불렀다
　그는 남미의 어느 면공업자의 서자로 태어나서
　나이아가라 강변에서 수도공사隧道工事에 정신挺身하고 있
었다 하며
　그의 모친은 희랍인이라고 한다
　양안兩眼이 모두 담홍색을 하고 있는 것으로 보아

그가 오랜 세월을 암야暗夜 속에서 살고 있었던 것만은 확실하다고 나는 생각한다

나의 맏누이 동생이 그를 <허니>라고 부르고 있는 것이 아니꼬워서

내가 어느 날 그에게 <마신魔神>이라는 별명을 붙였더니 그는 대뜸

<오빠는 어머니보다도 더 완고하다>고 하면서

나를 도리어 꾸짖는 척한다

(그가 나를 진심으로 꾸짖지 않았다는 것을 나는 그의 은근하고 매혹적인 표정해서 능히 감득할 수 있었다)

——비참한 것은 백의이다

그는 한국에 수입되어 가지고 완전한 고아가 되었고

거리에 흩어진 월간 대중잡지 위에 매월 그의 사진이 게재되어왔을 뿐만 아니라

어느 삼류신문의 사회면에는 간혹 그의 구제금 응모기사 같은 것이 나오고 있다

나는 이러한 사진과 기사를 볼 때마다

이것은 <애틀랜틱>과 <하퍼스>의 광고부의 분실分室이 나타났다고

이곳 저널리스트의 역습 묘리에 감탄하고 있었는데

백의는 이와 같은 나의 안심과 태만을 비웃는 듯이
어느 틈에 우리 가정의 내부에까지 침입하여 들어와서
신심양면의 허약증으로 신음하고 있는 나를 독촉하여
「희랍인를 모친으로 가진 미국인에게 대한 호소문」과
「정신상精神上으로 본 희랍의 독립선언서」를 써서
전자를 현재 일리노이노 주에 있는 자기의 모친에게 보내고
후자는 희랍 국립박물관 관장에게 보내달라고 한다
이러한 그의 무리한 요청에 대하여 하는 수 없이
'그것은 나의 역량 이상의 것이므로 신세계극단의 연출자
S씨를 찾아가보라'고
터무니없는 거짓말을 하여가지고 즉석에 거절하여버렸다
오히려 이와 같은 나의 경멸과 강의剛毅로 인하여
나는 그날부터 그를 진심으로 사랑하게 되었다
그러나 바로 어저께 내가 오래간만에 거리에 나가니
나의 친구들은 모조리 나를 회피하는 눈치이었다
그중의 어느 시인은 다음과 같이 나에게 욕을 하였다
"더러운 자식 너는 백의와 간통하였다지? 너는 오늘부터
시인이 아니다……"
——백의의 비극은 그가 현대의 경제학을 등한히 하였을
때에서부터 시작되었던 것이다

4

사랑의 변주곡變奏曲

욕망이여 입을 열어라 그 속에서
사랑을 발견하겠다 도시의 끝에
사그라져 가는 라디오의 재갈거리는 소리가
사랑처럼 들리고 그 소리가 지워지는
강이 흐르고 그 강 건너에 사랑하는
암흑이 있고 3월을 바라보는 마른나무들이
사랑의 봉오리를 준비하고 그 봉오리의
속삭임이 안개처럼 이는 저쪽에 쪽빛
산이

사랑의 기차가 지나갈 때마다 우리들의
슬픔처럼 자라나고 도야지 우리의 밥찌끼
같은 서울의 등불을 무시한다
이제 가시밭, 덩굴장미의 기나긴 가시가지
까지도 사랑이다

왜 이렇게 벅차게 사랑의 숲은 밀려 닥치느냐
사랑의 음식은 사랑이라는 것을 알 때까지

난로 위에 끓어오르는 주전자의 물이 아슬
아슬하게 넘지 않는 것처럼 사랑의 절도節度는
열렬하다
간단間斷도 사랑
이 방에서 저 방으로 할머니가 계신 방에서
심부름하는 놈이 있는 방까지 죽음 같은
암흑 속을 고양이의 반짝거리는 푸른 눈망울처럼
사랑이 이어져가는 밤을 안다
그리고 이 사랑을 만드는 기술을 안다
눈을 떴다 감는 기술—불란서 혁명의 기술
최근 우리들이 4·19에서 배운 기술
그러나 이제 우리들은 소리 내어 외치지 않는다

복사 씨와 살구씨와 곶감 씨의 아름다운 단단함이여
고요함과 사랑이 이루어놓은 폭풍의 간악한
신념이여
봄베이도 뉴욕도 서울도 마찬가지다
신념보다도 더 큰
내가 묻혀 사는 사랑의 위대한 도시에 비하면
너는 개미이냐

아들아 너에게 광신을 가르치기 위한 것이 아니다
사랑을 알 때까지 자라라
인류의 종언의 날에
너의 술을 다 마시고 난 날에
미대륙美大陸에서 석유가 고갈되는 날에
그렇게 먼 날까지 가기 전에 너의 가슴에
새겨둘 말을 너는 도시의 피로에서
배울 거다
이 단단한 고요함을 배울 거다
복사 씨가 사랑으로 만들어진 것이 아닌가 하고
의심할 거다!
복사 씨와 살구씨가
한 번은 이렇게
사랑에 미쳐 날뛸 날이 올 거다!
그리고 그것은 아버지 같은 잘못된 시간의
그릇된 명상이 아닐 거다

폭포瀑布

폭포는 곧은 절벽을 무서운 기색도 없이 떨어진다

규정할 수 없는 물결이
무엇을 향하여 떨어진다는 의미도 없이
계절과 주야를 가리지 않고
고매한 정신처럼 쉴 사이 없이 떨어진다

금잔화도 인가도 보이지 않는 밤이 되면
폭포는 곧은 소리를 내며 떨어진다

곧은 소리는 소리이다
곧은 소리는 곧은
소리를 부른다

번개와 같이 떨어지는 물방울은
취醉할 순간조차 마음에 주지 않고
나타懶惰와 안정을 뒤집어놓은 듯이
높이도 폭도 없이
떨어진다

서시序詩

나는 너무나 많은 첨단의 노래만을 불러왔다
나는 정지停止의 미美에 너무나 등한하였다
나무여 영혼이여
가벼운 참새같이 나는 잠시 너의
흉하지 않은 가지 위에 피곤한 몸을 앉힌다
성장成長은 소크라테스 이후의 모든 현인이 하여온 일
정리整理는
전란戰亂에 시달린 이십 세기 시인들이 하여놓은 일
그래도 나무는 자라고 있다 영혼은
그리고 교훈은 명령은
나는
아직도 명령의 과잉을 용서할 수 없는 시대이지만
이 시대는 아직도 명령의 과잉을 요구하는 밤이다
나는 그러한 밤에는 부엉이의 노래를 부를 줄도 안다

지지한 노래를
더러운 노래를 생기 없는 노래를
아아 하나의 명령을

아버지의 사진

아버지의 사진을 보지 않아도
비참은 일찍이 있었던 것

돌아가신 아버지의 사진에는
안경이 걸려있고
내가 떳떳이 내다볼 수 없는 현실처럼
그의 눈은 깊이 파지어서
그래도 그것은
돌아가신 그날의 푸른 눈은 아니오
나의 기아飢餓처럼 그는 서서 나를 보고
나는 모오든 사람을 또한
나의 처妻를 피하여
그의 얼굴을 숨어 보는 것이오

영탄詠嘆이 아닌 그의 키와
저주가 아닌 나의 얼굴에서
오오 나는 그의 얼굴을 따라
왜 이리 조바심하는 것이오

조바심도 습관이 되고
그의 얼굴도 습관이 되며
나의 무리하는 생生에서
그의 사진도 무리가 아닐 수 없이

그의 사진은 이 맑고 넓은 아침에서
또 하나 나의 팔이 될 수 없는 비참이오
행길에 얼어붙은 유리창들같이
시계의 열두 시같이
재차는 다시 보지 않을 편력의 역사……

나는 모든 사람을 피하여
그의 얼굴을 숨어 보는 버릇이 있소

나의 가족

고색古色이 창연蒼然한 우리 집에도
어느덧 물결과 바람이
신선한 기운을 가지고 쏟아져 들어왔다

이렇게 많은 식구가
아침이면 눈을 부비고 나가서
저녁에 들어올 때마다
먼지처럼 인색하게 묻혀가지고 들어온 것

얼마나 장구한 세월이 흘러갔던가
파도처럼 옆으로
혹은 세대를 가리키는 지층의 단면처럼 억세고도 아름다
운 색깔——

누구 한 사람의 입김이 아니라
모든 가족의 입김이 합치어진 것
그것은 저 넓은 문창호의 수많은
틈 사이로 흘러들어오는 겨울바람보다도 나의 눈을 밝게
한다

조용하고 늠름한 불빛 아래
가족들이 저마다 떠드는 소리도
귀에 거슬리지 않는 것은
내가 그들에게 전령全靈을 맡긴 탓인가
내가 지금 순한 고개를 숙이고
온 마음을 다하여 즐기고 있는 서책은
위대한 고대 조각의 사진

그렇지만
구차한 나의 머리에
성스러운 향수鄕愁와 우주의 위대감을 담아주는 삽시간의
자극을
　나의 가족들의 기미 많은 얼굴에 비하여 보아서는 아니
될 것이다

제각각 자기 생각에 빠져 있으면서
그래도 조금이나 부자연한 곳이 없는
이 가족의 조화와 통일을
나는 무엇이라고 불러야 할 것이냐

차라리 위대한 것을 바라지 말았으면
유순한 가족들이 모여서
죄 없는 말을 주고받는
좁아도 좋고 넓어도 좋은 방안에서
나의 위대偉大의 소재所在를 생각하고 더듬어보고 짚어보
지 않았으면

거칠기 짝이 없는 우리 집안의
한없이 순하고 아득한 바람과 물결 ——
이것이 사랑이냐
낡아도 좋은 것은 사랑뿐이냐

풍뎅이

너의 앞에서는 우둔한 얼굴을 하고 있어도 좋았다
백년이나 천년이 결코 긴 세월이 아니라는 것은
내가 사랑의 테두리 속에 끼어 있기 때문이 아니리라
추한 나의 발밑에서 풍뎅이처럼 너는 하늘을 보고 운다
그 넓은 등판으로 땅을 쓸어가면서
네가 부르는 노래가 어디서 오는 것을
너보다는 내가 더 잘 알고 있는 것이다
내가 추악하고 우둔한 얼굴을 하고 있으면
너도 우둔한 얼굴을 만들 줄 안다
너의 이름과 너와 나와의 관계가 무엇인지 알아 질 때까지
소금 같은 이 세계가 존속할 것이며
의심할 것인데
등 등판 광택 거대한 여울
미끄러져가는 나의 의지
나의 의지보다 더 빠른 너의 노래
너의 노래보다 더한층 신축성이 있는
너의 사랑

헬리콥터

사람이란 사람이 모두 고민하고 있는
어두운 대지를 차고 이륙하는 것이
이다지도 힘이 들지 않는다는 것을 처음 깨달은 것은
우매愚昧한 나라의 어린 시인들이었다
헬리콥터가 풍선보다도 가벼웁게 상승하는 것을 보고
놀랄 수 있는 사람은 설움을 아는 사람이지만
또한 이것을 보고 놀라지 않는 것도 설움을 아는 사람일
것이다
그들은 너무나 오랫동안 자기의 말을 잊고
남의 말을 해왔으며
그것도 간신히 더듬는 목소리로밖에는 못해 왔기 때문이다
설움이 설움을 먹었던 시절이 있었다
이러한 젊은 시절보다도 더 젊은 것이
헬리콥터의 영원한 생리生理이다

1950년 7월 이후에 헬리콥터는
이 나라의 비좁은 산맥 위에 자태를 보이었고
이것이 처음 탄생한 것은 물론 그 이전이지만
그래도 제트기나 카고보다는 늦게 나왔다
그렇지만 린드버그가 헬리콥터를 타고서

대서양을 횡단하지 않았기 때문에
우리는 지금 동양의 풍자諷刺를 그의 기체機體 안에 느끼
고야 만다
비애의 수직선을 그리면서 날아가는 그의 설운 모양을
우리는 좁은 뜰 안에서뿐만 아니라
심지어는 항아리 속에서부터라도 내어다볼 수 있고
이러한 우리의 순수한 치정痴情을
헬리콥터에서도 내려다볼 수 있을 것을 짐작하기 때문에
"헬리콥터여 너는 설운 동물이다"

——자유
——비애

더 넓은 전망이 필요 없는 이 무제한의 시간 위에서
산도 없고 바다도 없고 진흙도 없고 진창도 없고 미련도
없이
앙상한 육체의 투명한 골격과 세포와 신경과 안구까지
모조리 노출 낙하시켜 가면서
안개처럼 가벼웁게 날아가는 과감한 너의 의사 속에는
남을 보기 전에 네 자신을 먼저 보이는

긍지와 선의가 있다
너의 조상들이 우리의 조상과 함께
손을 잡고 초동물初動物 세계 속에서 영위하던
자유의 정신의 아름다운 원형을
너는 또한 우리가 발견하고 규정하기 전에 가지고 있었
으며
오늘에 네가 전하는 자유의 마지막 파편에
스스로 겸손의 침묵을 지켜가며 울고 있는 것이다

꽃잎 1

누구한테 머리를 숙일까
사람이 아닌 평범한 것에
많이는 아니고 조금
벼를 터는 마당에서 바람도 안 부는데
옥수수잎이 흔들리듯 그렇게 조금

바람의 고개는 자기가 일어서는 줄
모르고 자기가 가 닿는 언덕을
모르고 거룩한 산에 가 닿기
전에는 즐거움을 모르고 조금
안 즐거움이 꽃으로 되어도
그저 조금 꺼졌다 깨어나고

언뜻 보기엔 임종의 생명 같고
바위를 뭉개고 떨어져 내릴
한 잎의 꽃잎 같고
혁명 같고
먼저 떨어져 내린 큰 바위 같고
나중에 떨어진 작은 꽃잎 같고

나중에 떨어져 내린 작은 꽃잎 같고

꽃잎 2

꽃을 주세요 우리의 고뇌를 위해서
꽃을 주세요 뜻밖의 일을 위해서
꽃을 주세요 아까와는 다른 시간을 위해서

노란 꽃을 주세요 금이 간 꽃을
노란 꽃을 주세요 하얘져 가는 꽃을
노란 꽃을 주세요 넓어져 가는 소란을

노란 꽃을 받으세요 원수를 지우기 위해서
노란 꽃을 받으세요 우리가 아닌 것을 위해서
노란 꽃을 받으세요 거룩한 우연을 위해서

꽃을 찾기 전의 것을 잊어버리세요
　꽃의 글자가 비뚤어지지 않게
꽃을 찾기 전의 것을 잊어버리세요
　꽃의 소음이 바로 들어오게
꽃을 찾기 전의 것을 잊어버리세요
　꽃의 글자가 다시 비뚤어지게

내 말을 믿으세요 노란 꽃을

못 보는 글자를 믿으세요 노란 꽃을
떨리는 글자를 믿으세요 노란 꽃을
영원히 떨리면서 빼먹은 모든 꽃잎을 믿으세요
보기 싫은 노란 꽃을

꽃잎 3

순자야 너는 꽃과 더워져 가는 화원의
초록빛과 초록빛의 너무나 빠른 변화에
놀라 잠시 찾아오기를 그친 벌과 나비의
소식을 완성하고

우주의 완성을 건 한 자字의 생명의
귀추를 지연시키고
소녀가 무엇인지를
소녀는 나이를 초월한 것임을
너는 어린애가 아님을
너는 어른도 아님을
꽃도 장미도 어제 떨어진 꽃잎도
아니고
떨어져 물 위에서 썩은 꽃잎이라도 좋고
썩는 빛이 황금빛에 닮은 것이 순자야
너 때문이고
너는 내 웃음을 받지 않고
어린 너는 나의 전모를 알고 있는 듯
야아 순자야 깜찍하고나
너 혼자서 깜찍하고나

네가 물리친 썩은 문명의 두께
멀고도 가까운 그 어마어마한 낭비
그 낭비에 대항한다고 소모한
그 몇 갑절의 공허한 투자
대한민국의 전 재산인 나의 온 정신을
너는 비웃는다

너는 열네 살 우리 집에 고용을 살러 온 지
3일이 되는지 5일이 되는지 그러나 너와 내가
접한 시간은 단 몇 분이 안 되지 그런데
어떻게 알았느냐 나의 방대한 낭비와 난센스와
허위를
나의 못 보는 눈을 나의 둔갑한 영혼을
나의 애인 없는 더러운 고독을
나의 대대로 물려받은 음탕한 전통을

꽃과 더워져 가는 화원의
꽃과 더러워져 가는 화원의
초록빛과 초록빛의 너무나 빠른 변화에
놀라 오늘도 찾아오지 않는 벌과 나비의

소식을 더 완성하기까지

캄캄한 소식의 실낱같은 완성
실낱같은 여름날이여
너무 간단해서 어처구니없이 웃는
너무 어처구니없이 간단한 진리에 웃는
너무 진리가 어처구니없이 간단해서 웃는
실낱같은 여름바람의 아우성이여
실낱같은 여름풀의 아우성이여
너무 쉬운 하얀 풀의 아우성이여

5

거미

내가 으스러지게 설움에 몸을 태우는 것은 내가 바라는
것이 있기 때문이다.

그러나 나는 그 으스러진 설움의 풍경마저 싫어진다.

나는 너무나 자주 설움과 입을 맞추었기 때문에

가을바람에 늙어가는 거미처럼 몸이 까맣게 타버렸다.

미농인찰지 美濃印札紙

우리 동네엔 미대사관에서 쓰는 타이프용지가 없다우
편지를 쓰려고 그걸 사오라니까 밀용인찰지를 사왔드라우
(밀용인찰지인지 밀양인찰지인지 미룡인찰지인지
사전을 찾아보아도 없드라우)
편지지뿐만 아니라 봉투도 마찬가지지 밀용지 넉 장에
봉투 두 장을 4원에 사가지고 왔으니 알지 않겠소
이것이 편지를 쓰다 만 내력이오——꽉 막히는구료

꽉 막히는 이것이 나의 생활의 자연의 시초요
바다와 별장과 용솟음치는 파도와 조니 워커와
조크와 미인과 페티 킴과 애교와 호담豪談과
남자와 포부의 미련에 대한
편지는 못 쓰겠소 매부 돌아오는 길에
차창에서 내다본 중앙선의 복선공사에 동원된
갈대보다도 더 약한 소년들과 부녀자들의
노동의 참경慘景에 대한 편지도 못 쓰겠소 매부

이 인찰지와 이 봉투지로는 편지는 못 쓰겠소
더위도 가시고 오늘은 하루 종일 일도
안하고 있지만 밀용인찰지의 나의 생활을

당신한테 보일 수는 없소 이제는
편지를 안 해도 한 거나 다름없고 나는
조금도 미안하지 않소 매부 태산 같은
친절과 친절의 압력에 대해서 미안하지 않소

당신이 사준 북어와 오징어와 2등 차표와
경포대의 선물과 도리스 위스키와 라스베리 잼에 대해서
미안하지 않소 당신의 모든 행복과 우리들의 바닷가의
행복의 모든 추억에 대해서 미안하지 않소
살아있던 시간에 대해서 미안하지 않소
나와 나의 아내와 우리 집의 온 가옥의 무게를 다 합해서
밀양에서 온 식모의 소박과 원한까지를 다 합해서
미안하지 않소――만 다만 식모를 부르는 소리가
좀 단호해졌을 뿐이오 미안할 정도로 좀――

시골 선물

종로 네거리도 행길에 가까운 일부러 떠들썩한 찻집을
택하여 나는 앉아 있다

이것이 도회 안에 사는 나로서는 어디보다도 조용한 곳
이라고 생각하고 있기 때문이다

그러한 나의 반역성을 조소하는 듯이 스무 살도 넘을까
말까 한 노는 계집애와 머리가 고슴도치처럼 부스스하게 일
어난 쓰메에리의 학생복을 입은 청년이 들어와서 커피니 오
트밀이니 사과니 어수선하게 벌여놓고 계통 없이 처먹고 있다

신이라든지 하느님이라든지가 어디 있느냐고 나를 고루
하다고 비웃은 어제 저녁의 술친구의 천박한 머리를 생각한다

그 다음에는 나는 중앙선 어느 협곡에 있는 역에서 백여
리나 떨어진 광산촌에 두고 온 잃어버린 겨울 모자를 생각
한다

그것은 갈색 낙타 모자

그리고 유행에서도 훨씬 뒤떨어진 서울의 화려한 거리에
서는 도저히 쓰고 다니기 부끄러운 모자이다

거기다가 나의 부처님을 모신 법당 뒷산에 묻혀 있는 검
은 바위같이 큰 머리에는 둘레가 작아서 맞지 않아 그 모자
를 쓴 기분이란 쳇바퀴를 쓴 것처럼 딱딱하다

그러나 나는 그것을 시골이라고 무관하게 생각하고 쓰고
간 것인데 결국은 잃어버리고 말았다

그것이 아까워서가 아니라

서울에 들어온 지 일주일도 못 되는 나에게는 도저히 도
회의 소음과 광증狂症과 속도와 허위가 새삼스러웁게 미웁
고 서글프게 느껴지고

그러할 때마다 잃어버려서 아까웁지 않은 잃어버리고 온
모자 생각이 불현듯이 난다

저기 나의 맞은편 의자에 앉아 먹고 떠들고 웃고 있는 여
자와 젊은 학생을 내가 시골을 여행하기 전에 그들을 보았
더라면 대하였으리 감정과는 다른 각도와 높이에서 보게 되
는 나는 내 자신의 감정이 보다 더 거만하여지고 순화되어
진 탓이라고는 생각하지 않는다

나는 구태여 생각하여 본다

그리고 비교하여 본다

나는 모자와 함께 나의 마음의 한 모퉁이를 모자 속에 놓
고 온 것이라고

설운 마음의 한 모퉁이를.

참음은

참음은 어제를 생각하게 하고
어제의 얼음을 생각하게 하고
새로 확장된 서울특별시 동남단 논두렁에
어는 막막한 얼음을 생각하게 하고
그리로 전근을 한 국민학교 선생을 생각하게 하고
그들이 돌아오는 길에 주막거리에서 쉬는 10분 동안의
지루한 정치를 생각하게 하고
그 주막거리의 이름이 말죽거리라는 것까지도
무료하게 생각하게 하고

기적奇蹟을 기적으로 울리게 한다
죽은 기적을 산 기적으로 울리게 한다

돈

나에게 30원이 여유가 생겼다는 것이 대견하다
나도 돈을 만질 수 있다는 것이 대견하다
무수한 돈을 만졌지만 결국은 헛 만진 것
쓸 필요도 없이 한 3, 4일을 나하고 침식을 같이한 돈
—어린 놈을 아귀라고 하지
그 아귀란 놈이 들어오고 나갈 때마다 집어갈 돈
풀방구리를 드나드는 쥐의 돈
그러나 내 돈이 아닌 돈
하여간 바쁨과 한가와 실의와 초조를 나하고 같이한 돈
바쁜 돈—
아무도 정시正視하지 못한 돈— 돈의 비밀이 여기 있다.

너는 언제부터 세상과 배를 대고 서기 시작했느냐

너는 언제부터 세상과 배를 대고 서기 시작했느냐
너와 나 사이에 세상이 있었는지
세상과 나 사이에 네가 있었는지
너무 밝아서 나는 웃음이 나온다

그러나 결코 너를 격하고 있는 세상에 웃는 것이 아니리
너를 보고
너의 곁에 애처로울 만치 바싹 다가서서
내가 웃는 것은 세상을 행하여서가 아니라
너를 보고 짓는 짓궂은 웃음인 줄 알아라

음탕할 만치 잘 보이는 유리창
그러나 나는 너를 통하여 아무것도
보지 않고 있는지도 모른다
두려운 세상과 같이 배를 대고 있는
너의 대담성——
그래서 나는 구태여 너에게로 더 한 걸음 바싹 다가서서
그리움도 잊어버리고 웃는 것이다

부끄러움도 모르고
밝은 빛만으로 너는 살아왔고
또 너는 살 것인데
투명의 대명사 같은 너의 몸을
지금 나는 은폐물같이 생각하고
기대고 앉아서
안도의 한숨을 짓는다
유리창이여
너는 언제부터 세상과 배를 대고 서기 시작했느냐

묘정廟廷의 노래

1

남묘南廟 문고리 굳은 쇠문고리
기어코 바람이 열고
열사흘 달빛은
이미 과부의 청상靑裳이어라

날아가던 주작성朱雀星
깃들인 시전矢箭
붉은 주초柱礎에 꽂혀있는
반半절이 과過하도다

아아 어인 일이냐
너 주작朱雀의 성화星火
서리 앉은 호궁胡弓에
피어 사위도 스럽구나

한아寒鴉 와서
그날을 울더라
밤을 반이나 울더라

사람은 영영 잠귀를 잃었더라

   2

백화百花의 의장意匠
만화萬華의 거동의
지금 고요히 잠드는 얼을 흔드며
관공關公의 색대色帶로 감도는
향로香爐의 여연餘烟이 신비한데

어드메에 담기려고
칠흑의 벽판壁板 위로
향연香烟을 찍어
백련白蓮을 무늬 놓는
이 밤 화공畵工의 소맷자락 무거이 적셔
오늘도 우는
아아 짐승이냐 사람이냐.

적敵

더운 날
적이란 해면海綿 같다
나의 양심과 독기를 빨아먹는
문어발 같다

흡반 같은 나의 대문의 명패보다도
정체 없는 놈
더운 날
눈이 꺼지듯 적이 꺼진다

김해동金海東 —그놈은 항상 약삭빠른 놈이지만 언제나
부하를 사랑했다
정병일鄭炳 —그놈은 내심과 정반대되는 행동만을
해왔고, 그것은 가족들을 먹여 살리기 위해서였다
더운 날
적을 운산運算하고 있으면
아무 데에도 적은 없고

시금치밭에 앉는 흑나비와 주홍나비 모양으로
나의 과거와 미래가 숨바꼭질만 한다

“적이 어디에 있느냐?”
“적은 꼭 있어야 하느냐?”

순사와 땅 주인에서부터 과속을 범하는 운전수에까지
나의 적은 아직도 늘비하지만
어제의 적은 없고
더운 날처럼 어제의 적은 없고
더워진 날처럼 어제의 적은 없고

아메리카 타임지

흘러가는 물결처럼
지나인支那人의 의복
나는 또 하나의 해협을 찾았던 것이 어리석었다

기회와 유적油滴 그리고 능금
올바로 정신을 가다듬으면서
나는 수없이 길을 걸어왔다
그리하야 응결凝結한 물이 떨어진다
바위를 문다

와사瓦斯의 정치가여
너는 활자처럼 고웁다
내가 옛날 아메리카에서 돌아오던 길
뱃전에 머리 대고 울던 여인을 위해서가 아니다

오늘 또 활자를 본다
한없이 긴 활자의 연속을 보고
와사의 정치가들을 응시한다

1921(1세) 11월 27일(음력 10월 28일) 서울 종로2가 관
철동 158번지에서 아버지 김태욱金泰旭과 어머니
안형순安亨順 사이의 8남매 중 장남으로 출생.

1924(4세) 조양朝陽유치원 입학. 이듬해 서당에서 한문 공부.

1928(8세) 효제국민학교 입학.

1934(14세) 6학년 때 장티푸스, 뇌막염 등으로 1년여 요양
생활.

1935(15세) 선린상업학교 입학.

1942(22세) 선린상업학교 졸업 후 일본으로 건너가 조후쿠
[城北] 고등예비학교에 입학했으나 곧 학교를
그만두고 쓰키지[築地] 소극장의 창립 멤버였
던 미즈시나 하루키[水品春樹] 연극연구소에
들어가 연출 수업을 받음.

1943(23세) 조선학병朝鮮學兵 징집을 피해 겨울에 귀국하여
고모집에서 머물다 한 해 앞서 이주한 가족을
따라 만주 길림성으로 이주.
그곳에서 길림극예술연구회 회원으로 있던 임
헌태, 오해석 등과 만나 영미 문학, 연극 등에
심취함.

1945(25세) 광복이 되고 서울로 돌아와 충무로4가로 이사.
시 「묘정의 노래」를 ≪예술부락≫에 발표하며
등단.

1946(26세) 연희전문 영문과 4년에 편입했으나 곧 그만두고 문인들과의 만남 및 외국 잡지 번역 일 등을 함. 김병욱, 박인환, 양병식, 김경린, 임호권, 김경희 등과 신시론新詩論 동인을 결성.

1950(30세) 김현경金顯敬과 결혼.
한국전쟁 발발. 서울이 점령되고 김병욱의 권유로 문학가동맹에 나감. 9월 문화공작대라는 이름으로 의용군에 강제 동원됨. 평양 북쪽의 순천에서 유엔군과 인민군의 혼전을 틈타 야간 탈출, 서울에서 경찰에 체포당해, 거제도 포로수용소에 수용. 곧 수용소 내 미 야전병원의 통역관이 됨.
피난지에서 장남 준儁 출생.

1951(31세) 거제 수용소로 이동. 미 군의관들을 따라 거제도 포로수용소에서 부산 거제리(지금의 부산 거제동) 수용소로 이동함.

1953(33세) 석방 후 부산에서 미군의 통역 등을 함.

1954(34세) 서울로 돌아와 ≪주간 태평양≫에 근무.
신당동에서 다른 가족과 함께 살다가, 피난지에서 아내가 돌아오자 성북동으로 분가.

1955(35세) 평화신문사 문화부 차장으로 6개월 근무.
6월, 마포 구수동舊水洞으로 이사, 번역 일을 하며 집에서 양계를 함.

1957(37세) 김종문, 이인석, 김춘수, 김경린, 김규동 등과
묶은 앤솔로지 『평화에의 증언』에 「폭포」 등 5
편의 시를 발표.

1958(38세) 11월, 제1회 한국시인협회상 수상.
차남 우瑀 출생.

1959(39세) 첫 시집 『달나라의 장난』(춘조사) 간행.

1960(40세) 4·19를 계기로 이후 사망 전까지 현실과 정
치를 직시하고 시와 시론, 시평 등을 잡지, 신
문 등에 발표하며 왕성한 집필 활동을 함. 잠
시 서라벌예대 강사, 서울대, 이대, 연대 특강.

1965(45세) 한일협정 반대시위에 동조.

1968(48세) 6월 16일 사망.
≪사상계≫ 1월호에 발표했던 평론 「지식인의
사회참여」를 발단으로 〈조선일보〉를 통하여
이어령과 뜨거운 논쟁을 3회에 걸쳐 주고받음.
이 논쟁은 문학계에 큰 반향을 불러일으킴. 4
월, 부산에서 열린 펜클럽 주최 문학세미나에
서 〈시여 침을 뱉어라〉라는 제목으로 주제 발
표 후 6월 15일, 밤 11시 10분경 귀가하던 길
에 구수동 집 근처에서 버스에 부딪침. 서대문
에 있는 적십자병원에 이송되어 응급치료를
받았으나 의식을 회복하지 못하고 다음 날 아
침 8시 50분에 숨을 거둠. 6월 18일, 예총회관
광장에서 문인장文人葬으로 장례를 치르고, 서
울 도봉동 131 선영先塋에 안장.

1969년 6월, 1주기를 맞아 시비 건립.

1974년 9월, 시선집 『거대한 뿌리』(민음사) 간행.

1975년 6월, 산문선집 『시여, 침을 뱉어라』(민음사) 간행.

1976년 8월, 시선집 『달의 행로를 밟을지라도』(민음사) 간행. 산문선집 『퓨리턴의 초상』(민음사) 간행.

1981년 6월 『김수영 시선』(지식산업사). 9월 『김수영 전집 1-시』『김수영 전집-산문』(민음사) 간행.

1982년 전집 출간을 계기로 민음사에서 <김수영문학상>을 제정하고, 김수영이 태어난 날인 11월 27일에 제1회 김수영문학상 시상식을 가짐.

1988년 6월, 시선집 『사랑의 변주곡』(창작과비평사) 간행.

1991년 4월, 시비를 도봉산 국립공원 안 도봉서원 앞으로 옮김.

2001년 9월, 최하림이 쓴 『김수영 평전』(실천문학사) 간행. 10월 20일, 금관 문화훈장 추서.

〖한국대표명시선100〗을 펴내며

한국 현대시 100년의 금자탑은 장엄하다. 오랜 역사와 더불어 꽃피워온 얼·말·글의 새벽을 열었고 외세의 침략으로 역경과 수난 속에서도 모국어의 활화산은 더욱 불길을 뿜어 세계문학 속에 한국시의 참모습을 드러내게 되었다.

이 나라는 글의 나라였고 이 겨레는 시의 겨레였다. 글로 사직을 지키고 시로 살림하며 노래로 산과 물을 감싸왔다. 오늘 높아져 가는 겨레의 위상과 자존의 바탕에도 모국어의 위대한 용암이 들끓고 있음이다.

이제 우리는 이 땅의 시인들이 척박한 시대를 피땀으로 경작해온 풍성한 시의 수확을 먼 미래의 자손들에게까지 누리고 살 양식으로 공급하는 곳간을 여는 일에 나서야 할 때임을 깨닫고 서두르는 것이다.

일찍이 만해는 「님의 침묵」으로 빼앗긴 나라를 되찾고 잃어가는 민족정신을 일으켜 세우는 밑거름으로 삼았으며 그 기룸의 뜻은 높은 뫼로 솟아오르고 너른 바다로 뻗어나가고 있다.

만해가 시를 최초로 활자화한 것은 옥중시 「무궁화를 심고자」(≪개벽≫ 27호 1922.9)였다. 만해사상실천선양회는 그 아흔 돌을 맞아 만해의 시정신을 기리는 일의 하나로 '한국대표명시선100'을 펴내게 된 것이다.

이로써 시인들은 더욱 붓을 가다듬어 후세에 길이 남을 명편들을 낳는 일에 나서게 될 것이고, 이 겨레는 이 크나큰 모국어의 축복을 길이 가슴에 새겨나갈 것이다.

만해사상실천선양회

한국대표명시선100 | 김 수 영

풀이 눕는다

1판1쇄 발행 2013년 7월 29일
1판4쇄 발행 2025년 5월 8일

지 은 이 김 수 영
뽑 은 이 만해사상실천선양회
펴 낸 이 이 창 섭
펴 낸 곳 **시인생각**
등 록 번 호 제2012-000007호(2012.7.6)
주   소 고양시 일산동구 호수로 688. A-419호
         ㉾10364
전   화 050-5552-2222
팩   스 (031)812-5121
이 메 일 lkb4000@hanmail.net

값 6,000원

ISBN 978-89-98047-80-1 03810

※ 이 책은 만해사상실천선양회의 지원으로 간행되었습니다.